失眠的人

莫子儀——著

目次

※音樂劇場演出的篇目以音符符號「♪」標記。

那些日子並不像煙　像昨天

♪

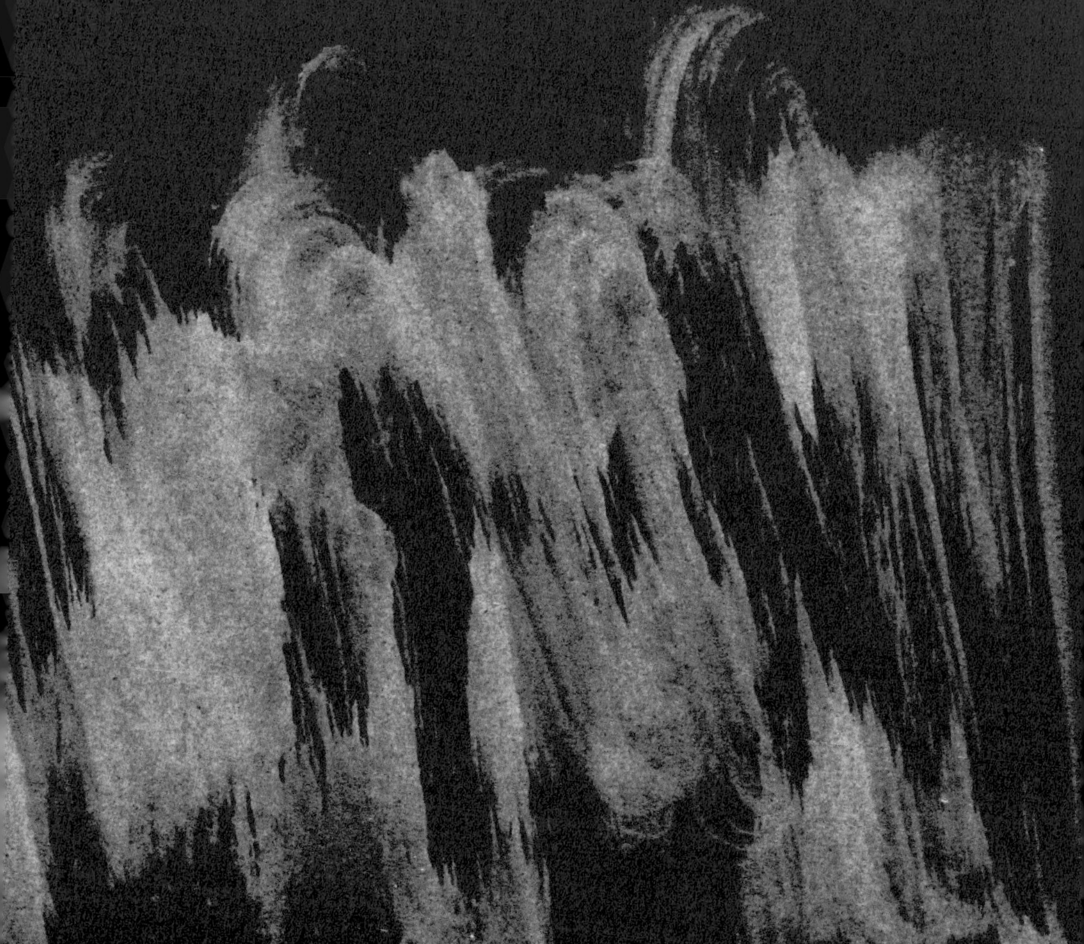

段落一

失眠的人

沉默

去了趟東京，探親，順便散散心。

據說東京很少下雪，卻讓我碰上了幾年來的一場大雪。漫步在大雪中空無一人的原宿，也是難得的經驗。

東京的朋友下午打了好多通電話給我，才知道原來大雪警報，好多電車停駛，要大家留意安全盡量不要出門。難怪都沒人。

這趟旅程最好吃的拉麵，是在鎌倉。原本想去的店剛好公休，在附近的巷弄裡亂晃，撞見一間巷弄角落的店，肚子餓了也冷，遲疑了半晌也就進去了。

外表看起來破破舊舊的店面，實在不太吸引人。進門買了券，站在一旁等著位子。客人不多，但主要是因為座位本來就不多，廚房幾乎占據店面三分之二的空間。

定神一看才發現，廚房裡只有一個人；一位大約五六十歲的老師傅。

他包辦了幾乎所有的事情；煮麵、切菜、調配醬汁、擺盤、洗碗、招呼客人。他從容不迫地在廚房裡忙碌著，帥氣地甩著麵，豪邁地淋上湯，順手抓起海苔叉燒，擺盤，上菜，然後轉身洗碗。

音樂從廚房裡傳來，不像是給客人聽的，是給他自己聽的。

他一邊聽著爵士樂。

我完全被他的神采所吸引，盯著他看了好久。

一位老太太好像等了很久，笑笑地拿著食券跟老師傅示意；老師傅發現錯過了她，先上了別人的菜，趕忙跟老太太慎重地道著歉；老太太也是笑笑地直說沒有關係。

一個年輕學生比我晚進來，很熟悉地買了餐券，很習慣地站在我身後靜靜地等著。一對外國夫妻帶著兩個小孩，很滿足地吃完麵，在門口用日文跟老師傅說謝謝，小孩也依樣學樣地跟老師傅道謝。老師傅轉過身，說了聲謝謝，繼續照著自己的節奏忙碌著。

座位旁貼著兩張紙，告訴客人吃麵的方式：

吃麵時，請撒上特製的胡椒；

喝湯時，請配上特製的白醋。

這是這一趟吃過最好吃的拉麵。

也許是因為又冷又餓，也許是因為老師傅的風采。

離開前我問老師傅：可不可以讓我拍張照，因為你太帥了。

老師傅說：我？哈哈。可以啊！

他用英文問我從哪裡來，我說台灣。他很可愛地對著鏡頭定格，等我拍好了再繼續動作。

離開這間店之後我想著，哪一天可以像這樣擁有自己的一個地方，用自己的方式，做自己喜歡的事，從容不迫保持著自己的堅持。迷途的客人會上來，喜歡的客人會上來，這樣也就夠了。也是一種幸福。

我現在是這樣嗎？

可以嗎？

我常常沉默，
只是因為除了表演，我只有我自己。
只有這兩個世界。像白天和黑夜。

運命の許す限りに
美しい花を咲かせば
私満足
武者小路実篤

關於四毛

今天是個風和日麗的好天氣，於是四毛決定把他的被單拿出來曬曬太陽。

四毛抱著被單爬上樓頂，卻發現樓頂因為前一天的午後雷陣雨積了水。於是四毛拿著掃把想把積水清乾淨，掃著掃著看見積水裡的倒影突然愣住了，怎麼天空裡有月亮呢？

四毛抬頭望著天空，天已經黑了。原來剛剛風和日麗是在夢裡。四毛只好抱著被單走回屋裡躺著。

四毛睜開眼，想著他到底有沒有上過樓，到底有沒有掃過積水，天到底有沒有亮過。

照片提供／紅色製作

失眠的人

失眠的人把自己忘在思念和回憶裡了，想要抓住時間，時間卻喚不醒他。悲傷的人沉沉睡去，卻一直清醒在已逝的過去裡……

我在這個世界，我能留下來的和這個世界會留下來的是不一樣的東西，我被這個世界和時間分裂切割，和這個被分裂切割的世界和時間融在一起，於是完整。

我的手不是我的手，是屬於我的手；我的臉不是我的臉，是我畫上去的臉。我寫下來的文字已經被寫下來了，存在過，被燒掉了，沒了；也有很多人死了，沒了，我還活著，其實也是死了，沒了。我們的存在，不過只是相對的虛幻。

我的殘缺映照著這個世界的殘缺，就像所有人只能在自己存在的世界裡拼湊自己的完美，在不存在的世界裡尋求諒解……

我接受你的血，你的愛，滋養我的身體。我渴望你的心長佇在我身上，你的靈你的肉讓我啃食讓我成長；我不是故意要傷害你，傷害我自己，是因為我愛你，我以為我只有你；是為了成就我心中我愛的你，你是為了我，為了成就你心中你愛的我。

……我回到了這個憎恨我的故鄉，失眠的人依舊失眠，悲傷的人繼續悲傷。我活著，我的身體留著殘缺世界的血，留著你的血，我也跟著失眠，跟著悲傷。在我存在或不存在的世界裡，思念著你，思念著我自己，拼湊著你，拼湊著我自己。

我穿著一隻破襪子

我穿著一隻破襪子，一件皺皺的白襯衫，我的頭髮凌亂，精神不濟，那都沒關係，但是我穿著一隻破襪子，而且很累了，不知要到哪裡去，我沒有力氣。

我好像快禿頭了，還是因為我的髮際很高，我的頭髮凌亂，我快看不清楚自己的樣子了，因為我的眼神渙散。

我穿著一隻破襪子，我的皮鞋又髒又舊，我努力地過每一天，努力不要讓自己失眠，努力過著健康而正常的日子。

我穿著一隻破襪子，我不會覺得丟臉，只是覺得很累。我穿著一件皺皺的白襯衫，拎著我的舊皮鞋，看著我的破襪子，走進我家的公寓。

我走上樓梯，走上樓頂，在我家的公寓。我很累了，我脫下我的破襪子，我的白襯衫，看著細細長長，沒有人的街道，我丟下我的舊皮鞋，丟下我的白襯衫，丟下我的破襪子。我的皮鞋不知道掉到哪去了，我的襯衫飛至天際，我的破襪子隨風而去。

我爬下樓梯，走進我的家裡。我坐在床上，我很累了，我的精神不濟，眼神渙散，我想跳下樓去，可是明天還要繼續。

什麼時候

什麼時候 我會全部崩解
什麼時候
什麼時候 陽光灑著雨水 什麼時候
什麼時候 風轉帶著溫暖 你帶著我來
什麼時候牽我的手

什麼時候 再見到你微笑 什麼時候
什麼時候 靜靜地碎裂
什麼時候再見

午後雷陣雨

午後下了一場雨
洗淨了煩躁的情緒
我躺在冰涼的地磚上
望著落地窗外灰濛濛的天閃啊閃地
鐵皮屋頂被大雨打得轟轟炸響
這一刻才覺得終於安靜了下來

我喜歡午後雷陣雨
可以讓你將世界隔絕
只剩下自己

然後你可以跟自己說
我累了
好累

輕輕閉上眼睛
讓大雨和寧靜包圍著你

不管說什麼
都不會有人來煩你

輕輕巧巧

輕輕巧巧
提筆輕輕巧巧
要自己輕輕巧巧
踩著步伐輕輕巧巧
你出現得輕輕巧巧
夢得輕輕巧巧
葉子在樹梢
在天邊飛啊飛得輕輕巧巧
跳啊跳啊輕輕巧巧
想著你啊想著你
要自己輕輕巧巧

風起了 雨停了 紗紗紗紗
落葉飛啊飛啊
輕輕 慢慢
滿地的枯葉滿地 輕輕 慢慢 巧巧

我會看顧著你。
知道嗎？在此同時，你也正陪伴著我。

你沒醒來

你沒醒來
窗外的景色依舊
這裡 片片凋落
夢見你
很大很大的一棟房子
很多房間 我不喜歡
你在某間房裡躺著 跟我說
那一次 我們去賞花 我們走的那條路 你還記得嗎
黃昏 天空乍紅 太陽一下山就冷了
我還是執意上山 好美好美的夕陽
好美好美的花

那條路 其實不存在吧
因為怕天黑 天氣變冷了 怕耽擱時間 總是望了一眼
就走了
只記得夕陽 斜坡 好像在遠方 好美好美的花
還有車潮 你我的笑 燦爛的
離了你的房間向前 轉過身去望著你
你躺在那裡 離我好遠 微光 黑紗 蒼白的臉
又坐起身 說著 那一次 我們去賞花

你醒來 窗外的景色依舊
這裡片片凋落

無關緊要地落寞

寂寞就像台北污濁的空氣，你討厭它，厭倦它，卻也已習慣它給你的安然與平靜。

冬末，快過年了，熱鬧而冷清。

我想起常常作的一個夢。

我看見自己的背影，伸手想要去拍我，拍到的同時突然意識到這個背影是我，有人在拍我，於是我愣在那，不敢回頭，不知道哪個才是真正的我……而另一個又是什麼？

然後在莫名的恐懼之中驚醒。

又是失眠與不知所措的清晨。

有太多太多東西可以讓我把現實暫停。只是壓制不住的思緒仍會一點一滴竄出，偶爾潰堤。

想著家裡的屋頂。好想爬上去，躺在屋頂上看看風景，看看黃昏天邊的太陽，看看幾家燈火，星星和月亮。

太多的思緒太多的感觸，常常心被擰啊擰的，最後血也被擰乾了，這個才叫心痛。

心痛不見得是傷心，而是落寞。

痛久了就麻痺了，然後才是不知所措。只能呆坐在那，什麼都好像正常，卻又什麼都不太對勁。

最後，也只能隱沒在喧囂城市裡，無關緊要地落寞。

如果失眠是因為停不下來
希望上天能給我指引
縱使是更深的痛也好
願能平靜
而我能好好站著
安心躺著
如果睜開雙眼 能好好看清一切
願上天帶走我的一切
我能清醒看著自己
不要再夜不成眠

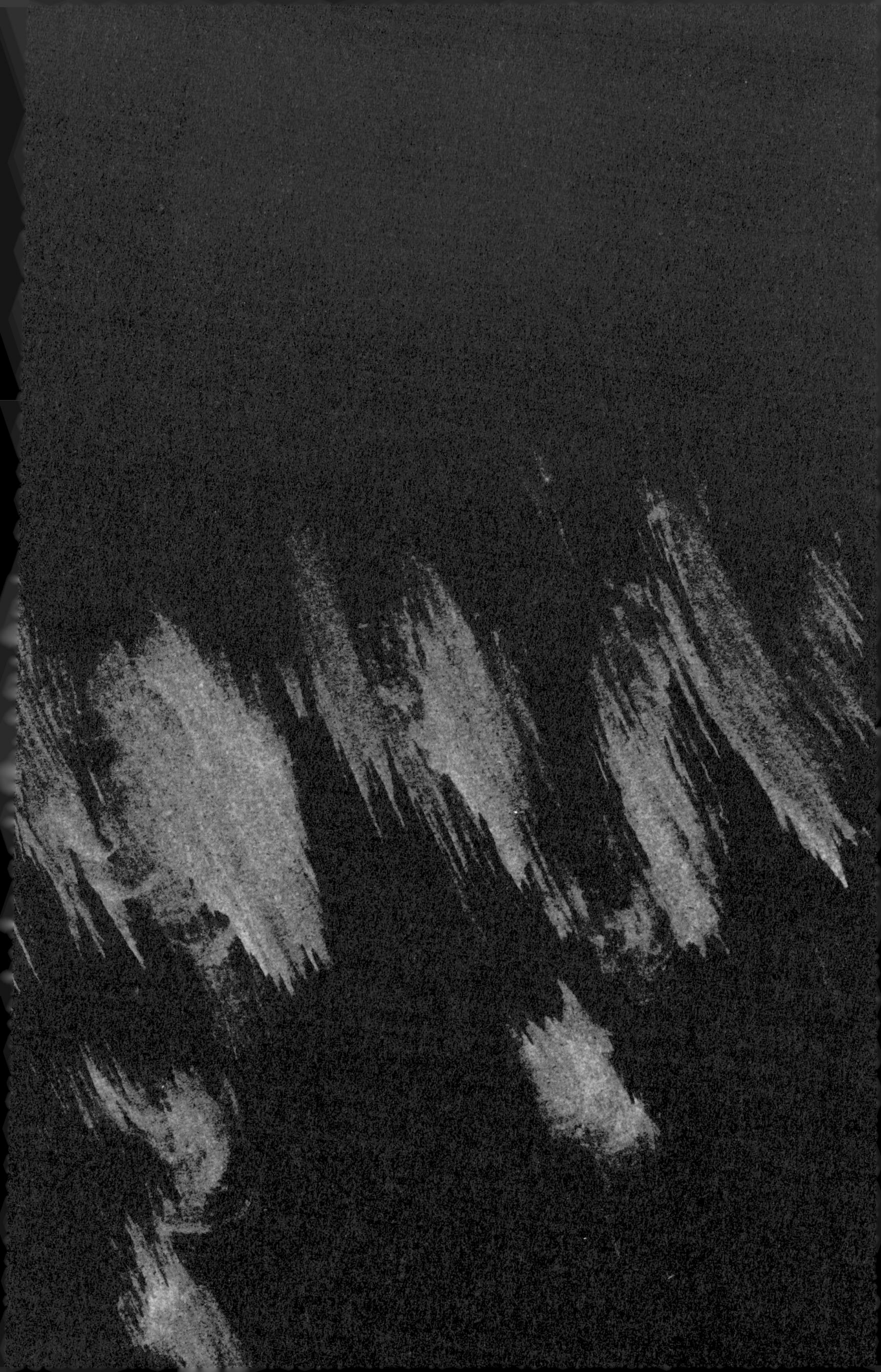

段落二——

影子在跳舞

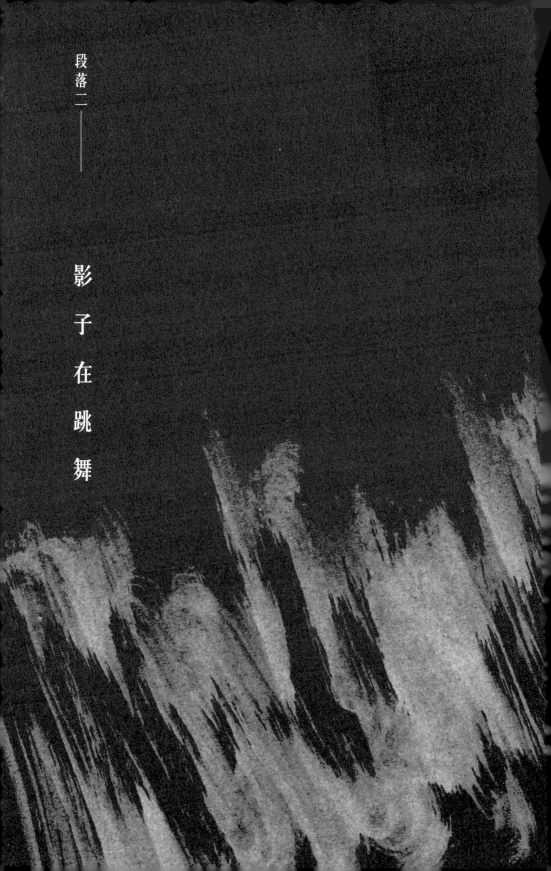

他說，睡不著的時候想像城市裡的影子們都在跳著舞，
當你熄了燈，他們便開心地唱著。

「為什麼鑽牛角尖要叫鑽牛角尖？」

「……嗯……要不然要叫什麼？」

「……不知道……用角尖鑽牛吧。牛應該會痛吧，然後就會攻擊你，你會受傷，但是還是一直要用角尖鑽牛。嗯……這樣好像比較有邏輯。欸，你不要一直用角尖鑽牛嘛……」

「……」

「不好笑喔？」

潛入者

（A被B擋在門外）

B：你是誰？

A：啊？

B：你是誰？

A：我？我是莫子儀。

B：你要做什麼？

A：我？我要進去啊。

B：你要怎麼證明？

A：證明什麼？

B：證明你的身分。

A：我的身分？

B：證明你是莫子儀。

A：證明……身分證可不可以？

B：這裡不接受身分證。

A：不接受？

B：對，不接受。

A：為什麼？

B：因為那很有可能是假的。

A：那……需要什麼證明？

B：要你親自證明。

A：要我親自證明？

B：對，你親自證明。

A：我……呃……我是莫子儀，我……我今年二十四歲……我住在台北市北投區學園路一號……我的生日是一九七九年十二月十四日……呃……

B：所以呢？

A：所以……我是莫子儀。

B：我不相信。

A：你不相信？

B：不相信。

A：為什麼？

B：這些證據太過於表面，我無法相信。

A：表面？那要怎麼樣你才相信我是莫子儀？

B：……你會飛我就相信你是莫子儀。

A：我會飛？一般人會飛嗎？

B：一般人會一直急著想證明自己是莫子儀嗎？

A：我不是一般人啊。

B：那你就應該會飛啊。

A：我……我就是莫子儀啊。

B：請證明。

（PAUSE）

A：好，那你又是誰？

B：我是管理員。

A：你是管理員？

B：對，我是管理員。

A：我不相信。

B：無所謂。

（PAUSE）

A：我要走了。

B：隨便你。反正你不是莫子儀。

（PAUSE）

A：我是。

B：你不是。

A：我是。

B：你不是。

A：我是。

B：你不是。

A：我是。

B：那你飛給我看。

（PAUSE）

A：我操你媽的。

A：你是管理員？

B：我是管理員。

A：為什麼你是管理員？

B：因為我有鑰匙。

A：什麼鑰匙？

B：開門的鑰匙。

A：在哪裡？

B：在我身上。

A：給我。

B：不要。

A：為什麼？

B：為什麼要給你？

（A掏槍，指著B）

A：把鑰匙給我。

（B把鑰匙給A）

A：站到那邊去。

（A、B位置互換）

A：我操你媽的管理員……我是誰？

B：……你是莫子儀。

A：錯！現在鑰匙在我身上，我是管理員！你是誰？

B：……我……我是莫子儀。

A：你是莫子儀？那我是誰？

B：你……你是管理員。

A：我是管理員？……好，那麼，請證明你是莫子儀。

B：啊？

A：你不是說你是莫子儀嗎？那你證明給我看啊！

B：……我……我無法證明。

A：你無法證明？那麼你不是莫子儀囉？

B：我不是。

（PAUSE）

A：我不相信。

B：你說什麼？

A：請證明你不是莫子儀。

B：啊？

A：快！

B：……我……我……我不是莫子儀……我只是個管理員……因為你才是莫子儀，世界上只有一個莫子儀……既然你是莫子儀……那我就不是。

A：現在你認為我是莫子儀？

B：是，我不是莫子儀，我是管理員。

（PAUSE）

A：如果我否認我是莫子儀呢？

B：那……那我也沒辦法，你認為你是誰你就是誰，那不重要。

A：那不重要？

B：現在來說……那無所謂了。

A：那麼一開始你為什麼堅持要我證明我是莫子儀呢？

B：因為現在你拿槍指著我。

A：如果我告訴你這把槍是假的呢？

（PAUSE）

（A把槍放下）

A：告訴我，你是誰？

B：我是管理員。

A：你在這裡工作多久了？

B：一年半了。

（PAUSE）

A：現在，我要你忘記我是莫子儀。

B：好。

A：我是誰？

B：我不知道。

（PAUSE）

A：老實告訴你，我真的不是莫子儀，我只是借用這個人的名字、這個人的身分，想要潛進這裡而已。

（B沉默）

A：你不相信是嗎？

B：不，我相信。

A：你相信？

B：對，因為我有莫子儀的相片。

A：相片？在哪裡？

B：在抽屜裡，我拿給你看。

（A、B位置互換，A拿槍指著B，B從抽屜拿相片給A）

A：這是莫子儀的相片？

B：沒錯。

A：誰告訴你這是莫子儀？

B：上面交代的。

A：上面？

B：是的，我們憑著上面交代的相片判定每一個特殊人物的進出。

（A看著相片冷笑）

（B從抽屜拿起一把槍指著A，A發現，也拿槍指著B）

（PAUSE）

B：我可以很老實的告訴你，我的槍裡有子彈。

A：這麼巧？其實我也是。

B：是嗎？你剛剛好像不是這麼說的。

A：如果我告訴你剛才是騙你的呢？

B：是嗎？沒關係啊。那來試試看啊。

（PAUSE）

（A把槍放下）

B：你到底是誰？

（PAUSE）

A：我是莫子儀。

B：不好笑。

A：我沒有在跟你說笑話。

B：你說的每一句話都很好笑。

（PAUSE）

A：我真的是莫子儀。

B：我的槍裡也真的有子彈。

（PAUSE）

A：你知道如果你殺了莫子儀會有什麼後果嗎？

B：我知道。

A：那你敢開槍嗎？

B：我敢，因為你不是莫子儀。

A：我真的是莫子儀，你被上面的人騙了，那張照片是假的。

B：那不重要，我不過是照著上面的命令執行我的任務。

A：即使我真的是莫子儀，你還是會開槍？

B：不，因為你不是照片上的人，而你想強行闖入這裡，所以我開槍。

（PAUSE）

A：真的要我死才能證明我是莫子儀嗎？

B：你可以不用死，把鑰匙還我，然後離開。

（PAUSE）

A：好，我把鑰匙還你。

（把鑰匙放在桌上）

A：我不會強行進入，我也不會離開，我要你相信我是莫子儀，否則你就殺了我。

B：你瘋了。

A：我沒瘋，我只是要你相信我是莫子儀。

B：你不是莫子儀。

A：那麼你就在這裡把我殺了。

（PAUSE）

A：只要你相信我是莫子儀，我就離開，我不會多要求什麼，如果你堅持不信，那麼你就在這把我殺了。

（PAUSE）

B：我不想殺一個來路不明的人。我現在拿回我的鑰匙了，你走吧。

（B要把槍收起，A衝過去抓住B的槍，對著自己）

B：把手放開！

A：不，除非你相信我是莫子儀，我就離開，要不然你就在這把我殺了。

（PAUSE）

B：……好，我相信你是莫子儀，把手放開。

（A放開B的手，慢慢往後退）

B：可以了吧？你可以走了吧？

A：所以，你肯相信我是莫子儀了嗎？

B：對，所以你可以走了吧？

（B把槍收起）

（PAUSE）

A：不，讓我進去。

B：你說什麼？

A：既然你相信我是莫子儀，那就讓我進去。

B：你剛才不是跟我說只要我相信你是莫子儀，你就會離開嗎？

A：如果你真的相信我是莫子儀的話，你應該會讓我進去。

B：……我不能讓你進去。

A：所以你不相信我是莫子儀？

B：對，我不相信。

（A拿槍指著B）

B：你的槍不是……

（A開槍，打中B的肩膀）

A：為什麼不相信我說的話？

（A靠近B）

A：說！說你相信我是莫子儀！

B：好……不要衝動……我相信，我相信你是莫子儀。

（PAUSE）

A：雖然你嘴巴這說，但是你心裡還是不相信對吧？

（A把槍放下）

（A朝自已開了一槍，然後把槍放到桌上）

A：對不起，我並不是因為要威脅你而向你開槍，而是一時衝動，這一槍算是我跟你道歉。現在我把槍放到你面前；我只是要向你證明，我真的是莫子儀，你真的被上面的人騙了。如果你不相信我的話，你可以一槍打死我。

（PAUSE）

（B拿起桌上的槍，看著A）

B：如果你死了，你是誰還有這麼重要嗎？

A：不，我只是要告訴你，我是莫子儀，就算你把我殺了，你也不能否定我的身分。

B：你真的是莫子儀？

A：我真的是莫子儀。

（PAUSE）

（B向A開槍，A倒地）

B：你不是莫子儀。我不可能相信你是莫子儀，因為我才是，你知道嗎？

（B再對A開了一槍，燈暗）

嗨

嗨 你啊你
你為什麼一直跟著我
你不用睡覺嗎
你也起床了嗎
嗨 我啊
我為什麼一直跟隨著你
悄然
我陪你安安靜靜坐著
舒服嗎
有著陪伴不寂寞不孤單
找個伴

把他掐死
我們四個一起
不孤單不孤單

攝影／陳又維

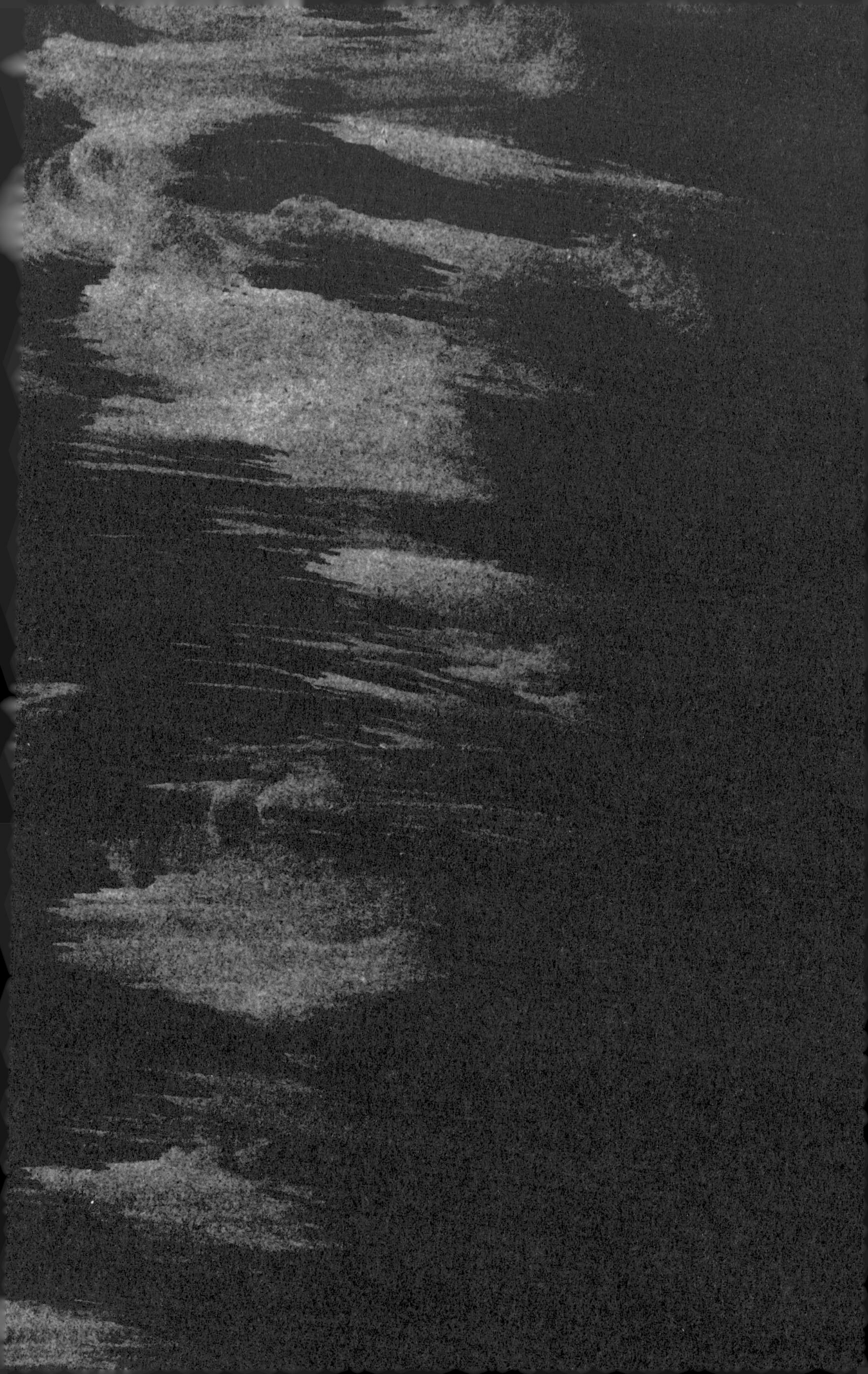

段落三

醒不過來

我的心沉在一座湖底
陽光透不進來 四周一片黑暗
點點微光閃爍
是快被遺忘 尚未熄滅的
夢
我潛在湖底游啊游啊找啊找啊
我的心在哪裡

深吸一口氣 閉上眼睛
我聽見了我的心
跳

咚
咚
漸漸失去力氣
睜開眼睛 我抱著我的心
跳
咚
咚
漸漸失去力氣
四周一片黑暗
我沉在一座湖底

眼底有霧

眼底有霧
於是全世界都起了霧
霧裡聞著過去的味道
味道裡滿是思念
思念飄散著整條巷子
巷底的我駐足
深深吸一口氣
空氣裡有霧
霧裡滿是熟悉
熟悉和思念吸進眼裡
眼底有霧

CHANGE

憎恨

不論做什麼，這個世界都不會改變。
能改變的只有自己。
世界是因自己而生，因為沒有自我意識，就沒有世界。
遺棄的哀傷，自我遺棄的哀傷。
不是為了得到同情與關愛，
是真真實實的傷痛，
每個人都不同。

當你沒有聞到空氣中那潮濕的印記，
當你看不到我瞳孔所見光明。
人無法獨自生存，

必須融於群體與社會。
因為有愛所以有恨，
所以無法裝作正常。
我不只憎恨自己，同時也憎恨著這個世界。

另一個色調的失眠

另一個色調的失眠，他告訴我每個來者色調都不一樣。今晚他來得有些徬徨，柔聲聽我說話。他說你知道睡與不睡，對你並沒有太大的影響，因為你根本不在乎，我們才會出現。我說我在乎，他說是嗎？那你更不會睡。

我問，那怎樣才能睡得著呢？他說你永遠也睡不著，因為你根本不想睡。你否定起床的意義，你否定演出的意義，因為從頭到底，你一直否定你存在的意義。

你身上有個開關，這個開關運作正常時，可以讓你斷掉一些雜事瑣事，但你不用，因為你打從心裡不相信它，也深信這不是你這樣的身心可這麼輕易斷開的法門。

有一天躺下睡著了，也許代表箝制在我身上的矛盾與恐懼擔憂都已安身立命了；那一天到來，應該就是我真正躺下不會再起之時。

我失眠故我在。今天的色調偏深黃。我老了，沒力氣了，能否就讓那深黃籠罩著我，也不要再起來，就不會再重複了。

沙漠玫瑰

窗前的沙漠玫瑰兩年前終於盛開
我總是忘了幫他澆水
冬天來臨時靜靜地看著他的葉子一片片凋落
我的窗外可以看見一片天空
常常就這樣坐在桌前 望著天空 看著風從他身邊吹過

今年五月靜靜地開了一朵 幾天後就謝了
然後又開了一朵 不久也謝了
然後再開一朵
就這樣慢慢地開著

夏至過後　最後的兩朵在風中飄著
明年你還會再開嗎　我會記得幫你澆水

瑪莉兄弟

瑪莉兄弟說明天再來看看。

路易說他女兒小我一歲，他都當阿公了，過幾天就要回馬來西亞；問我怎麼還沒結婚？

瑪莉歐穿紅色內褲，邊修水管邊用手機跟公主聊天；午休時挺著肚子翻看我家的少女雜誌。

路易說是頭頂的水管破了，瑪莉歐說是屋外的水管破了，兩個人用各有腔調的國語吵架。

瑪莉兄弟把馬桶拆了，把水管鋸了，把水關了，把鐵鎚和梯子忘了，對我說：「先觀察個兩天，找出真正的問題再動手，才是真正的解決方法！」然後就走了。

老媽回來，看了看，打了電話給瑪莉歐，咆哮了幾句；過了不久瑪莉歐打給我，說明天會再來看看。

親愛的公主，晚安，沒有人可以救，我也只能跟自己說晚安。

等著瑪莉兄弟明天繼續來找我玩。

好像醒不過來。

一切就像無止境的夢境般，感覺真實，卻又那麼虛幻。

我彷彿活在另一個時空中，和這個世界平行走著，走著走著，但我卻不在那裡。

睡著的時候醒著，醒著的時候夢著。

做個演員的時候，又像是在這個夢中，建築了另一個世界的夢。

所以常常找不到自己，常常不確定自己在哪裡，常常恍恍惚惚，卻也異常清醒。

我將一切吞噬，用各種正常的方式掩飾我的冷靜，然後當一切慢慢消逝時，彷彿身處夢境，但我卻感覺不到自己。

我很清醒，卻夢在這個世界裡。

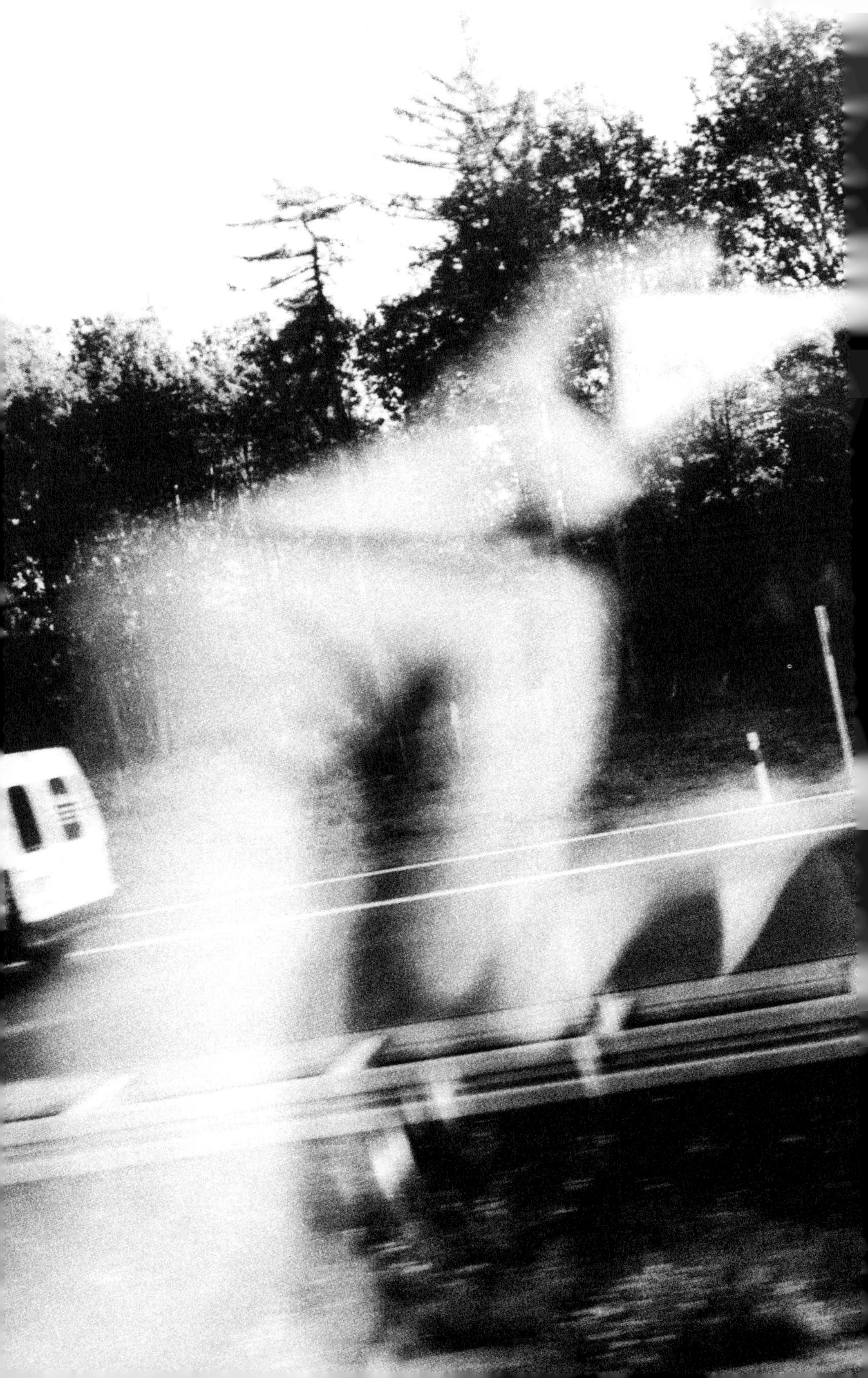

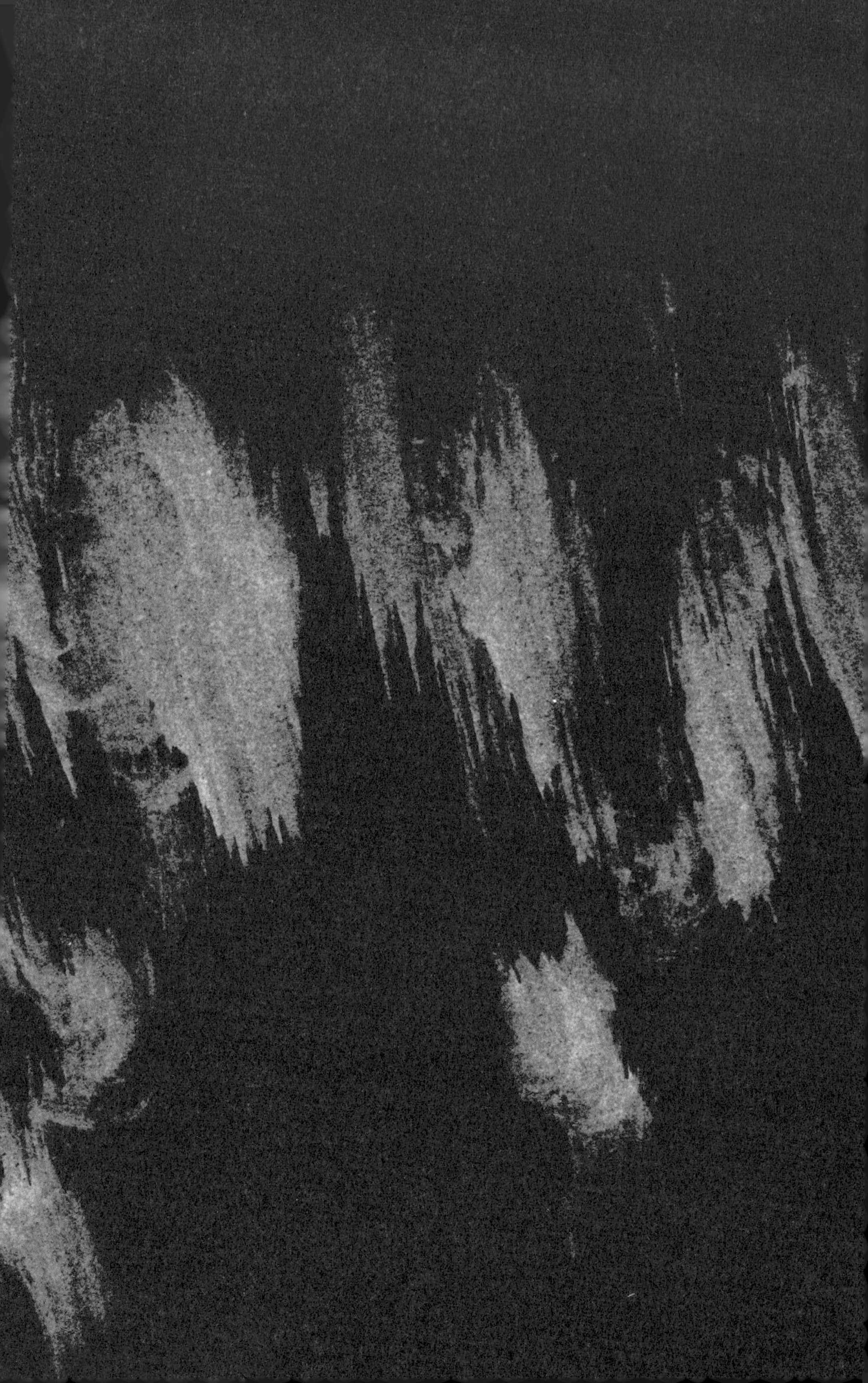

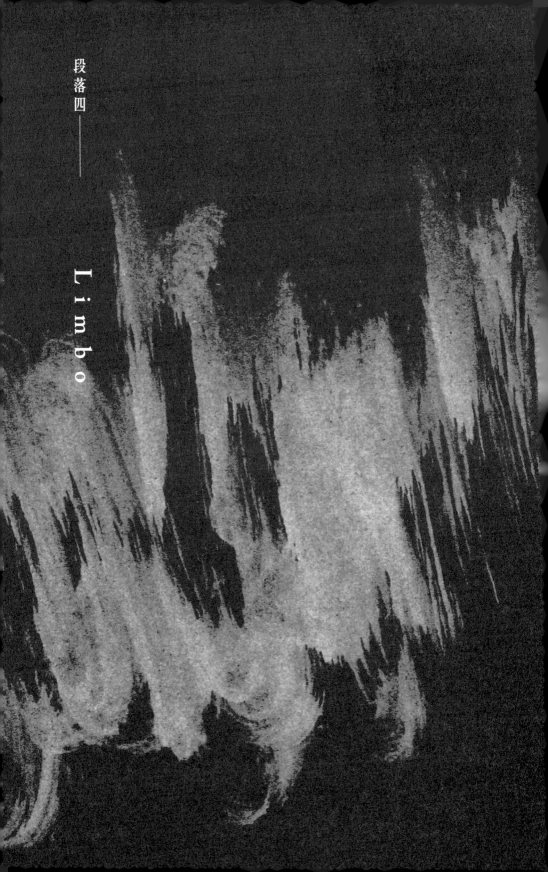

段落四——

Limbo

藉以消解巨大的孤寂，不斷地書寫不斷地記錄。我浮游在這個因自我而虛無的世界裡，混亂沒有方向，吸一口過於奢華的空氣，吐出一些垃圾塵埃。

想依賴誰？何處尋求慰藉？恐怕只是不停消磨時光，空等待。

知否知否？陷瘋癲以解愁。

白露

昨日白露。母親說白露過後每下一次雨，氣溫便會跟著下降一次。傍晚陣雨過後想感受涼爽的天氣；不過無風，雖不至悶熱，也不算入秋。也許只是因為我又跳過了今年的夏天，所以無法切身體會。

今年夏天隻身來到愛丁堡。在愛丁堡望著台北市區難以常見開闊無際的藍天；無際的藍天到處都有，但不常出現在家裡後院。

寄宿家庭的媽媽安妮跟我說，天開了，雲散了，氣溫也要下降了。

前些日子陰悶了許久，變幻無常的天氣可比春天的台北過之而無不及。

帶了把傘卻從來沒用過，不是因為從沒下雨，而是又下又停的，我也從來就懶得撐傘。愛丁堡七月後平均的溫度介於十到十六度；這裡的夏天，對我來說像冬天。寄宿家庭的兩老每天的樂趣就是看我今天穿了幾件外套。

晚上八點半的夕陽，我站在後院和安妮一起抽著菸，她穿著短袖，我穿著防風外套。確實這幾天雖然陰雨綿綿，倒也不特別覺得冷。此刻雲開了，看見湛藍的天空，夕陽也露了臉。

這裡的烏鴉、海鷗、鴿子都不怕人；與其說不怕人倒不如說相較於其他城市我所遇見過的，某種程度上牠們更把人類視為平等的存在。

兩老一直告誡我，越接近藝術節，市區人群擁擠的程度會越來越可怕；尤其是在Royal mile，那條通往城堡的行人徒步區。

不知這是否值得驕傲；到了那幾週，我發現其擁擠程度不過就像是平時的西門町。但來自世界各地的表演者們和觀光客們，與這舊城區共同畫下的風光景色，有時遠比我在劇場內所看到的美麗許多。

尤其是那些烏鴉與海鷗們，多次在我頭上咆哮著，像喝醉也像在狂歡。你可常見牠們在熱鬧大街上肆無忌憚地俯衝而下，站在人群裡以為自己不明顯；其實遊客們都善意地閃躲著；像在玩間諜遊戲一樣若有若無地瞅著你，偷偷靠近撿拾你腳邊掉落的披薩碎片，然後得意地低飛狂笑，最後停在藝術節的旗幟上咆哮；咆哮的音頻永遠蓋過街邊表演者的音樂，不知是不滿過多的遊客，還是嘲諷著那些和他們完全不同調的所謂的音樂。

此刻我們沒有在聽音樂，或許因此，入侵後院的海鷗只是隨意地叫了兩聲，便停在院中的池塘邊。安妮說牠在看青蛙。臨院的黑貓也是。

再過幾週，越來越多的海鷗會在附近練習飛行，準備遷徙過冬，到時天空不會是雲，而是海鷗。

我一直望著遠方的天空，想看見當海鷗向你飛近時那最遠的開始。但我總是只能看到從無到有的瞬間；起初天空中什麼都沒有，然後突然出現一個很小的黑點，黑點逐漸變大，接著便出現輪廓模糊的海鷗的形狀。但在空白與那微小的黑點之間，確實存在著更細微的什麼，只是我永遠也看不見。

英文的時態是個十分麻煩的東西，我知道很多語言有著更複雜的時態。某個朋友跟我說德文的時態更複雜，但相較於英文，它有嚴格的邏輯。當然也許只是因為我們語言系統的差異，只是不習慣罷了。那在創作時呢？時態給了你太多線索與限制，had與have一清二楚，有時一點也不浪漫。

我們抽著菸看著夕陽，我想著這個問題，我想著那時我們抽著菸看著晚上八點半的夕陽。時間於我常常是重疊的，模糊的，無法分清的；語言的時間也是，感受的時間也是，甚至文字背後的意指也是。並不是不清楚，而是根本無法一分為二地說那是過去、現在或是未來，有或是沒有。就像那遠方的黑點，絕對不是突然就出現在我眼界，只是我無法看清罷了。

白露過後下了陣雨，但雲未散，或許就像安妮所說，因為如此所以氣溫並未明顯下降。夏天好像結束了吧？現在已是秋天了嗎？時間是相對的，季節也是吧。對於不同時態中的人，無法用時態來區分的人。

For me, it is not summer, it is not autumn, it is limbo.

失眠其實我在耍著你玩，剛剛你走了我卻偏偏要等你，現在你來了，陪你玩了一會，我要走了。

人生沒什麼朋友，有著這樣的陪伴，多少不會太孤單。謝謝你來，我走了，累了就睡，不用等我。

天微亮

在那魔幻詭譎的時空裡我往前踏了一步
頓了一下 回了頭 淺淺地微笑

甚麼都可以啊
我可以如此猖狂

來啊
我可以甚麼都不要

不用跟著我
我會讓你忘了自己的心跳

知道嗎
多少人知道
真的懂嗎

當聲音浮現光影轉變
就在那裡啊，我笑得很開心
在凝止不動 在沉默 在瞬息萬變的靜默中
就在那裡啊，我笑得很開心

那就夠了……
我也可以不用再多說甚麼

就在那裡

我感受到的一切
祂賦予我所創造的一切
我的一切

然後天微亮
然後我在哪裡

失落著開心

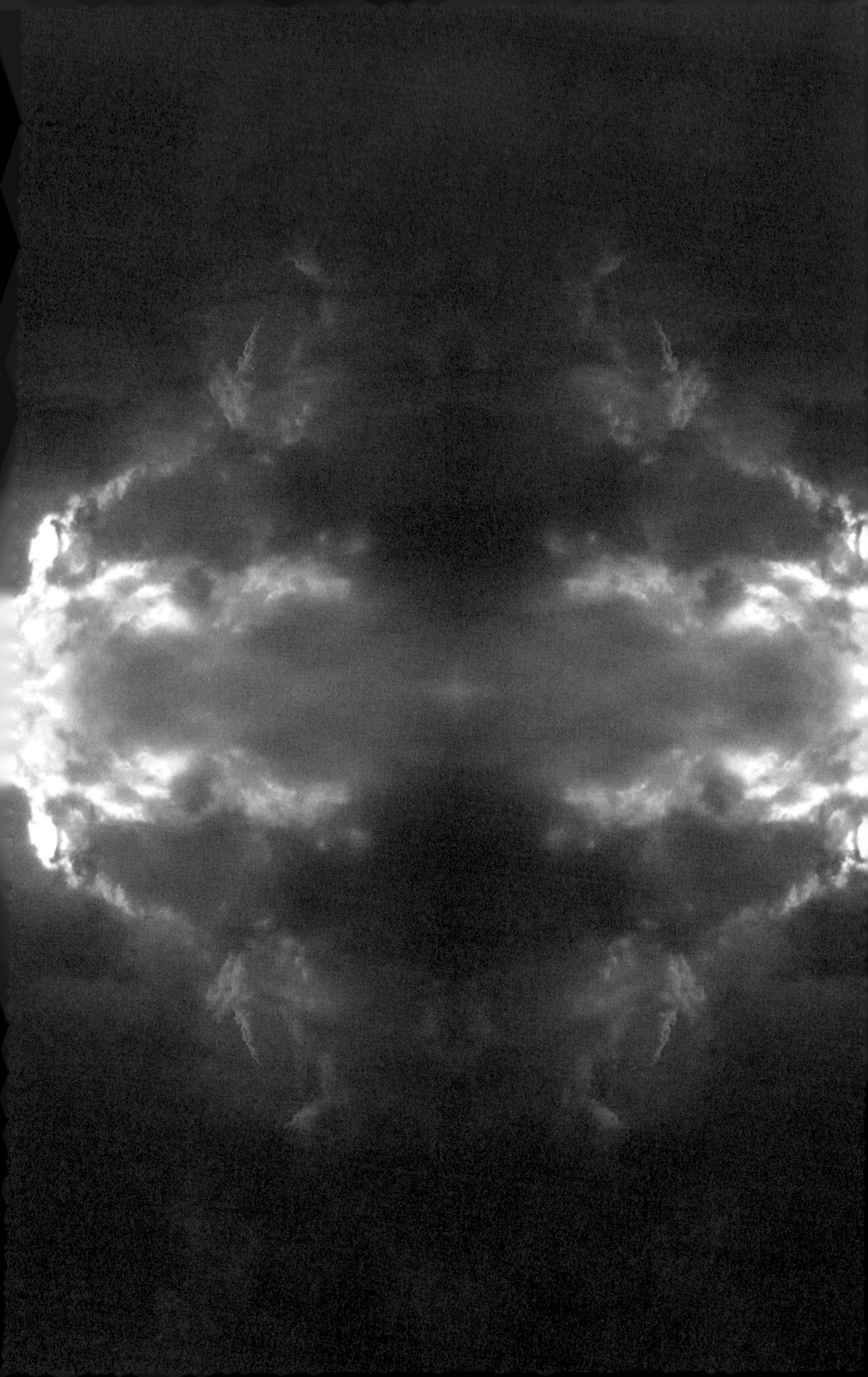

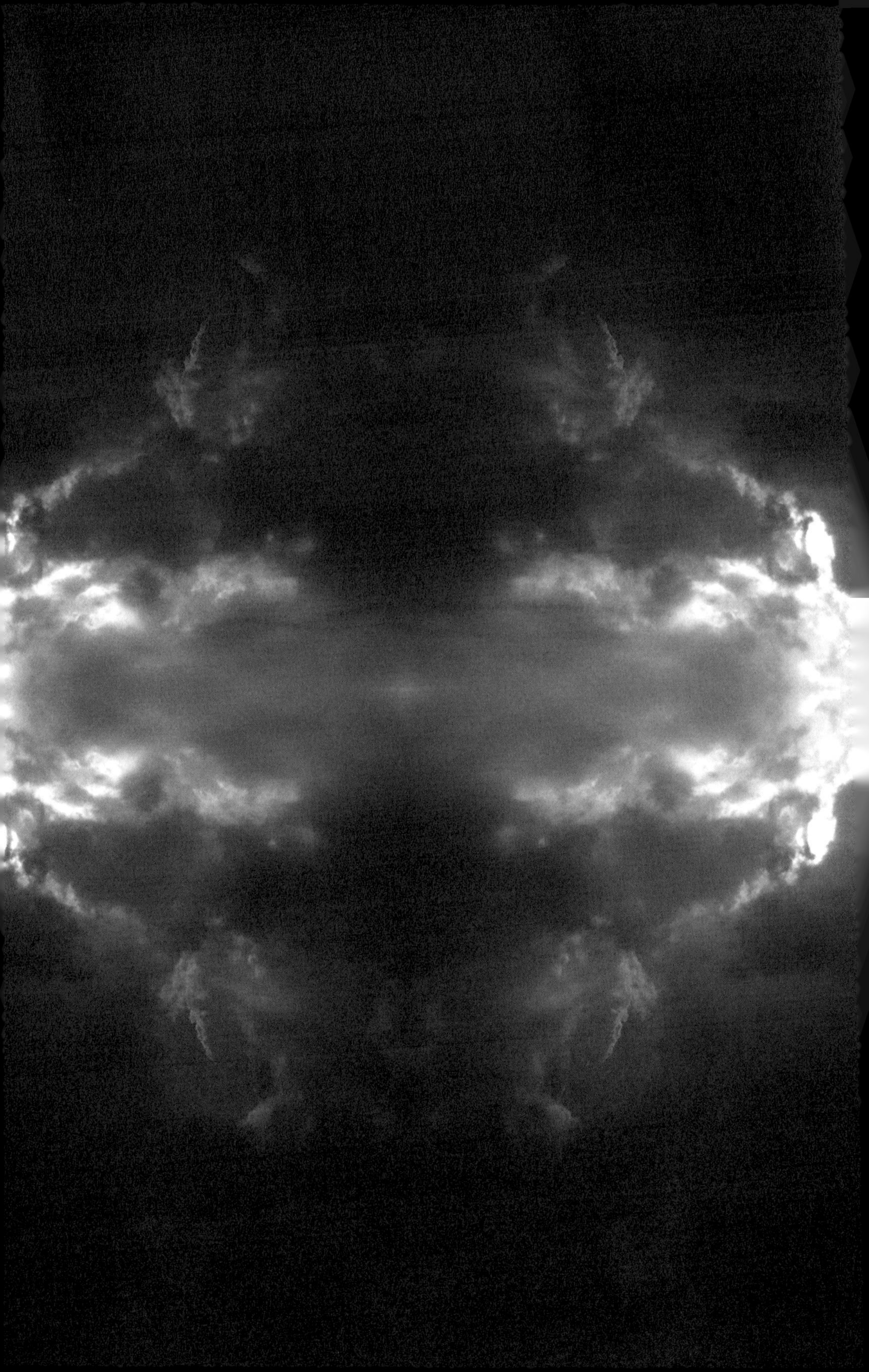

沒有人陪他玩的小孩

一個人被關在店裡的吸菸區裡。

這家店一點就關門了，店裡只有我一個人，老闆和員工隔著玻璃窗在非吸菸區聊天。一直以為自己是習慣一個人的，也許最怕孤單的人是我。

想起沒有人陪他玩的小孩。

大他幾歲的小孩嫌他是跟屁蟲，只喜歡作弄他。

沒有人陪他玩的小孩還是一直跟著他們，就算被欺負，被弄哭了，哭完了還是會回去找他們，因為他害怕沒有人陪他玩。

他一個人漸漸長大了，有了真正的朋友，也學會獨立了；然而當時間或是環境無可奈何地讓他離開了朋友們，縱使他已能自己一個人活著，他還是那個沒有人陪他玩的小孩。

孩提時的孤單和傷心因為純粹所以特別強烈吧。我一直顧著學習長大，急急忙忙追尋未來，把沒有人陪他玩的小孩丟在那，有咖啡與菸和憂愁陪著，就把他的孤單和傷心淡化在回憶裡了。

我為什麼能這樣長大呢？不過我好像也不得不這樣長大。

沒有人陪他玩的小孩還是一直躲在內心深處的回憶裡，他會陪我老去，他不會離開我，我也不會把他忘記。

無眠

衣櫥裡的那個人看著我
床底下的那個人咚咚咚咚
告訴我他在陪著我
書櫃裡的那個人靜靜地站著

轉過身去 床底下的人笑了
我問他笑什麼
他一動也不動
只是躺在床底下對著我笑

衣櫥裡的那個人慢慢一步步地走近我

書櫃裡的那個人慢慢朝我身上倒下

睜開眼

世界開始融解

一切又消失不見

寂靜回到我眼前

驚蟄

多久之後傳來第一聲悶雷
那時我起身了嗎
是白日？是夜晚？
若是白日，白日看似平靜實則驚恐不安
夜晚，夜晚以為狼狽卻興奮異常

多久一次呼吸
可以緩和焦慮多久

靜靜坐著等他們自己來
靜靜坐著

起身之後我會從右手帶著我的身體斜上
你會從左邊來，我可以拉你一把

你們在前方
前方的人背對著我說 我沒有要跟你講話
另一個轉過身 越變越大 變成風雨和海水
於是我們被淹沒著 又冷又害怕

我記得你說要旋轉
我盡力旋轉 我們旋轉
不知過了多久 慢慢躺下

醒來的時候
全身記憶受到驚嚇 四處亂竄

是在白日還是在夜晚？
是哪一年？
是真的還是在夢裡？

打雷時安安靜靜坐著就好
風起的時候記得要旋轉
下雨時慢慢躺下
躺下之後安靜地微笑

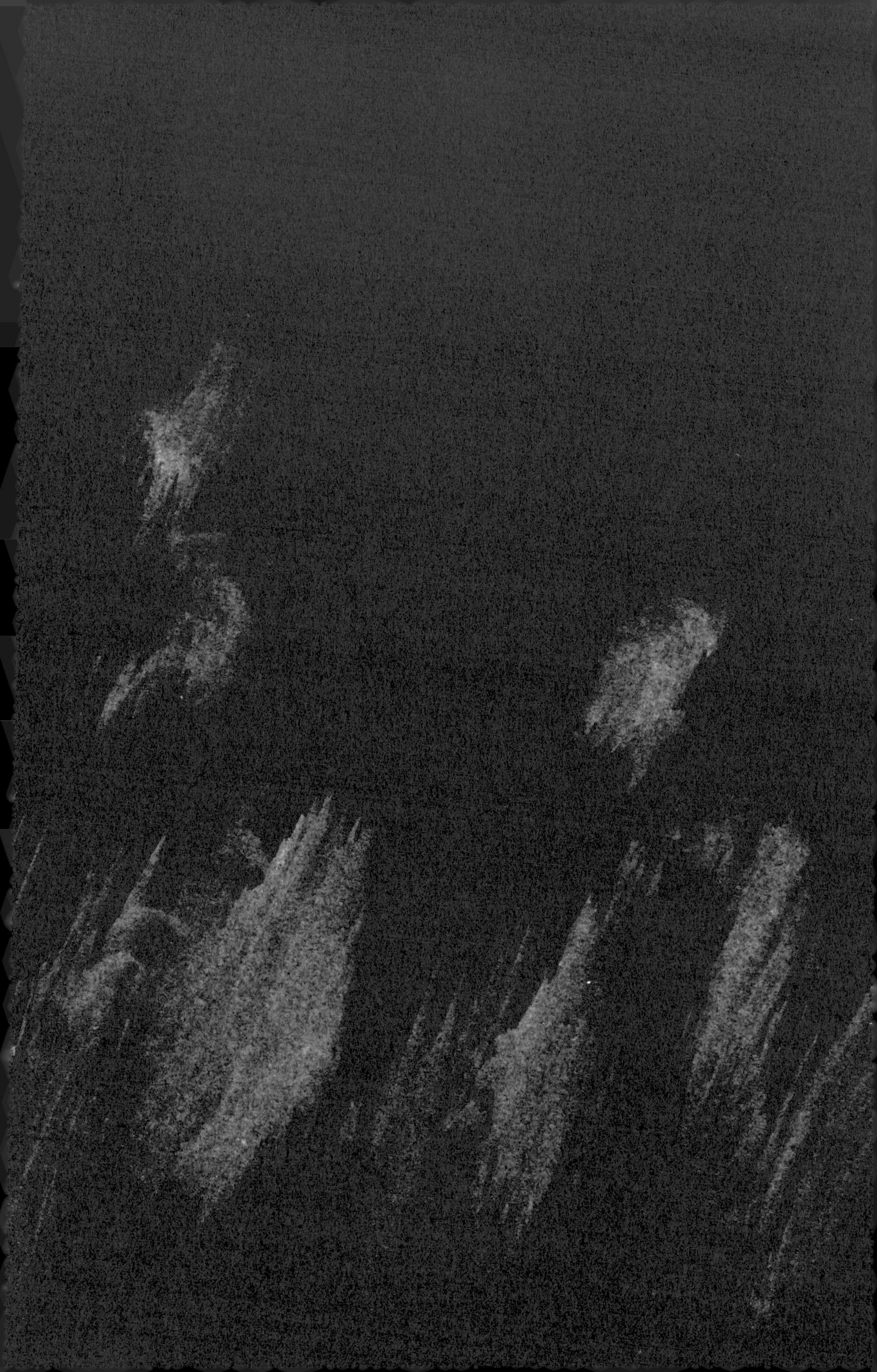

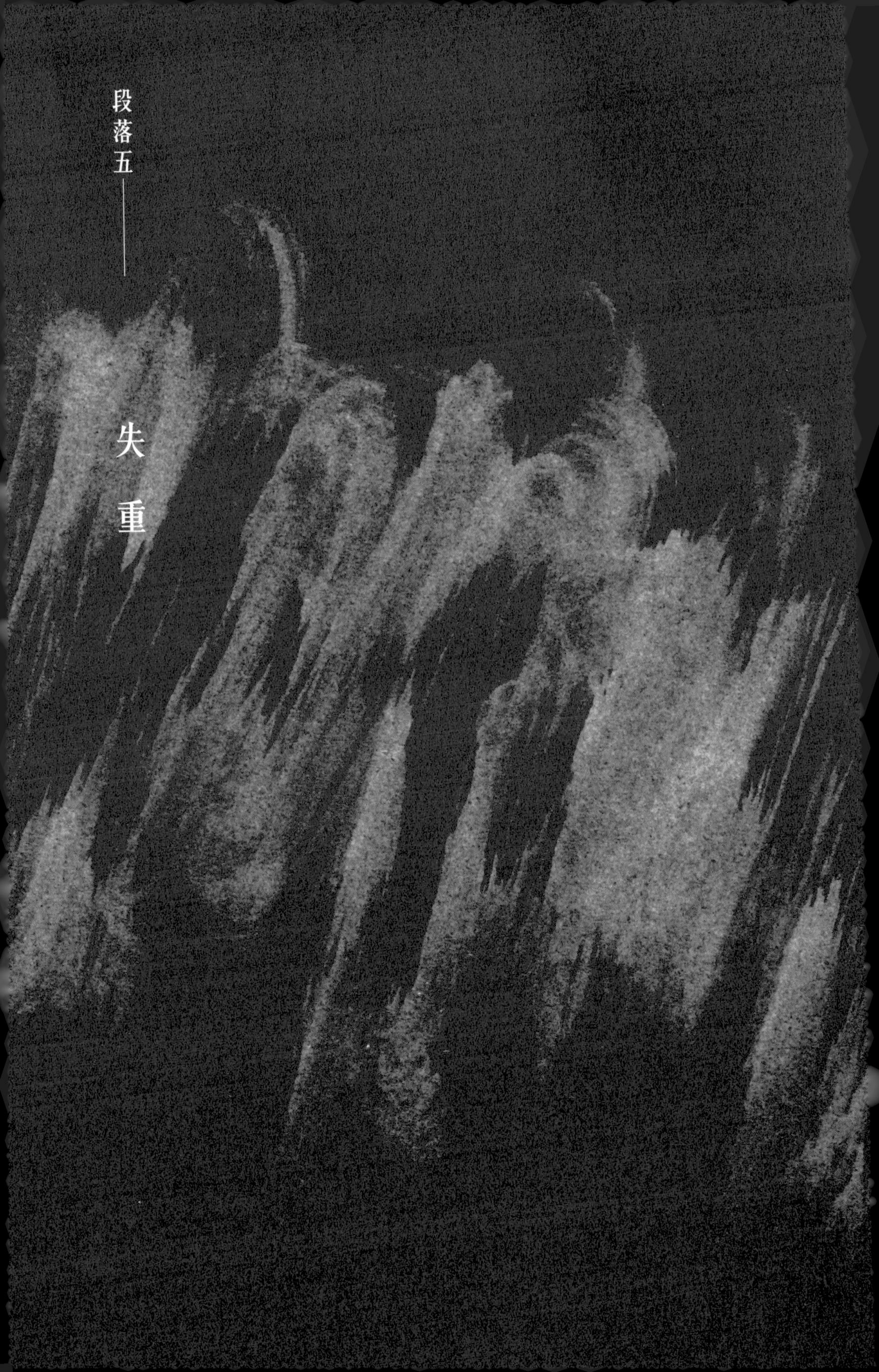

段落五

失重

人的一生很短，思緒卻無限漫長
漫長的度量衡不是時間，卻是平行世界
平行在時光之不可逆，過去之永恆
而誰都沒有未來
平行在毫秒微秒，現在只有自己存在

攝影／Hiroyuki Fukuda

我的天空

我的天空有一顆星星和半個月亮，星星不說話睜著眼眨呀眨。半個月亮陪在它身旁。

草地上坐著一隻白色的綿羊，正在曬月亮。

綿羊咩咩咩，月亮搖啊搖，星星的眼睛眨啊眨。

綿羊說為甚麼不帶我回家，自己一個人好害怕。

我的天空有一顆明亮的星星，和半個安靜的月亮。

如煙消逝

如煙消逝的時間真要如煙消逝時
卻無以復加地真實存在
落下時以為會看見卻終究只能仰望遠去的那一點天
碧藍的海無緣見著
生命最後留下的全是蒼寥
慢慢浪蕩著以為匆匆
沒有終點在那等著
遙望那時交會　以為交會
我不在你也不在那之中
那些
失了也無所謂

也無所謂
收盡那珍藏稀稀點點
揣抱過去與未知縫隙之間
如煙消逝於時間但願存於空間
立在四維之外也無妨
我依舊低著頭默默
看漸漸傾頹
還有你的微笑
和我的記憶與夢
斷了
斷了便無法再相隨

聖誕紅

聖誕紅自窗外跌落　失去影蹤
那夜的強風把花吹落
來不及跟你說

花落紅花落紅　落了滿夜星空
滿夜星空盡是你甜蜜的笑容

我繞著巷子找啊找
找不到了　找不到

我還是沒能好好照顧你

送我的聖誕紅

花落紅花落紅　我隨著花跌落

失了影蹤

失了滿夜星空

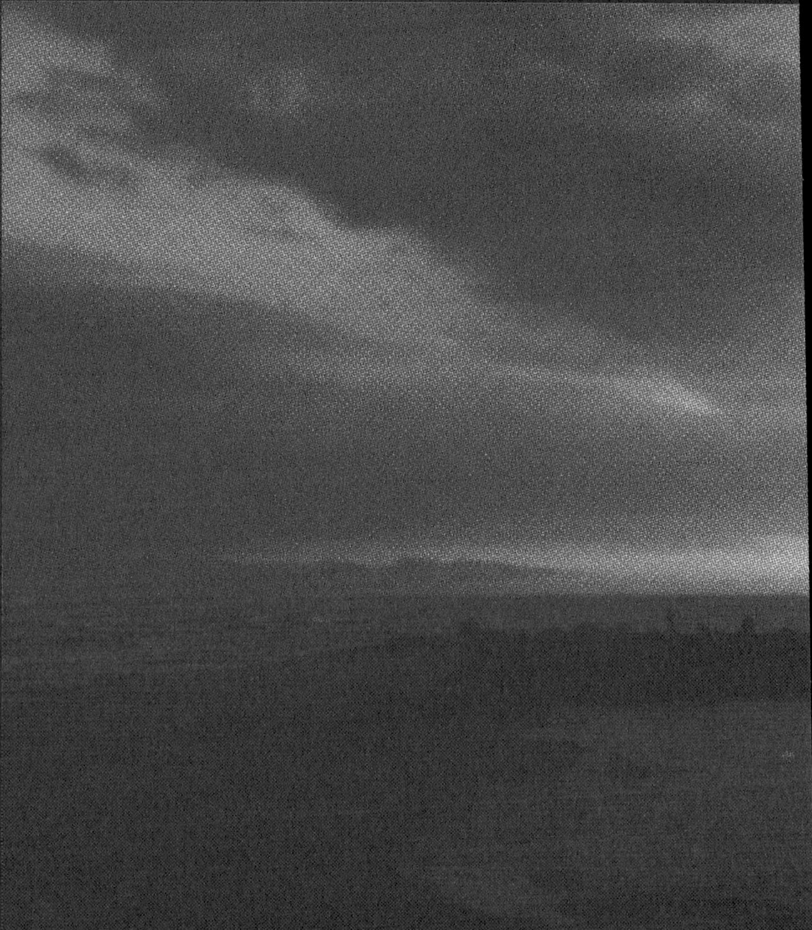

狙擊手

坐在窗邊窺視著窗外
我像個狙擊手
我的彈糧只是我的仇恨，我的焦慮，我的恐慌，我的害怕。
如果這次失敗，也許還有一點希望，一些歡愉，一絲期待，和暫時平息的絕望。
我的目標就在那，不是太陽不是月亮，是那詭譎神秘的天。
我像個狙擊手，但被狙擊的總是我。

當天亮起，它帶走我的希望我的歡愉與期待，留我繼續絕望。
仇恨對它沒有用，因為你知道那只會回到自己身上。
焦慮和恐慌只有在任務失敗，來不及見到太陽時，才能射發。
害怕永遠會卡彈，不如就讓他留在那。

今天的任務快結束了，看來是無法失敗，只希望在這逆轉的魔幻時光裡，它
還願意給我一點溫柔與溫暖。

雨一直下我也一直落下
雨在半夜落下 半夜落在雨下
我落在半夜雨下

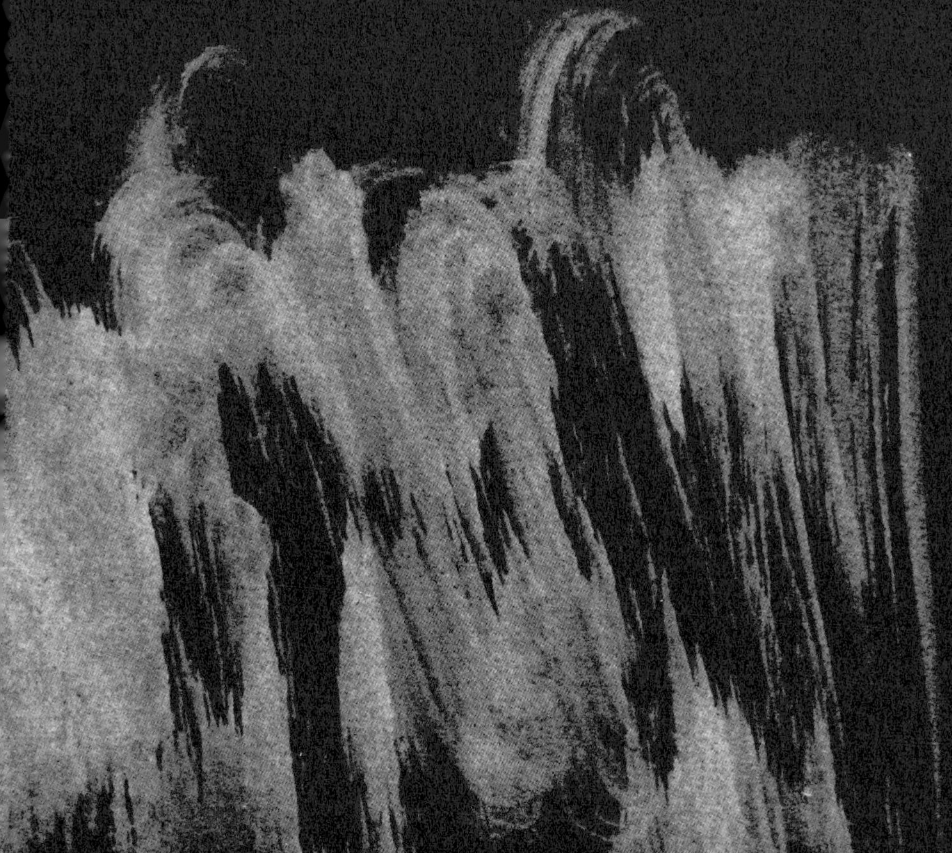

段落六

黑夜

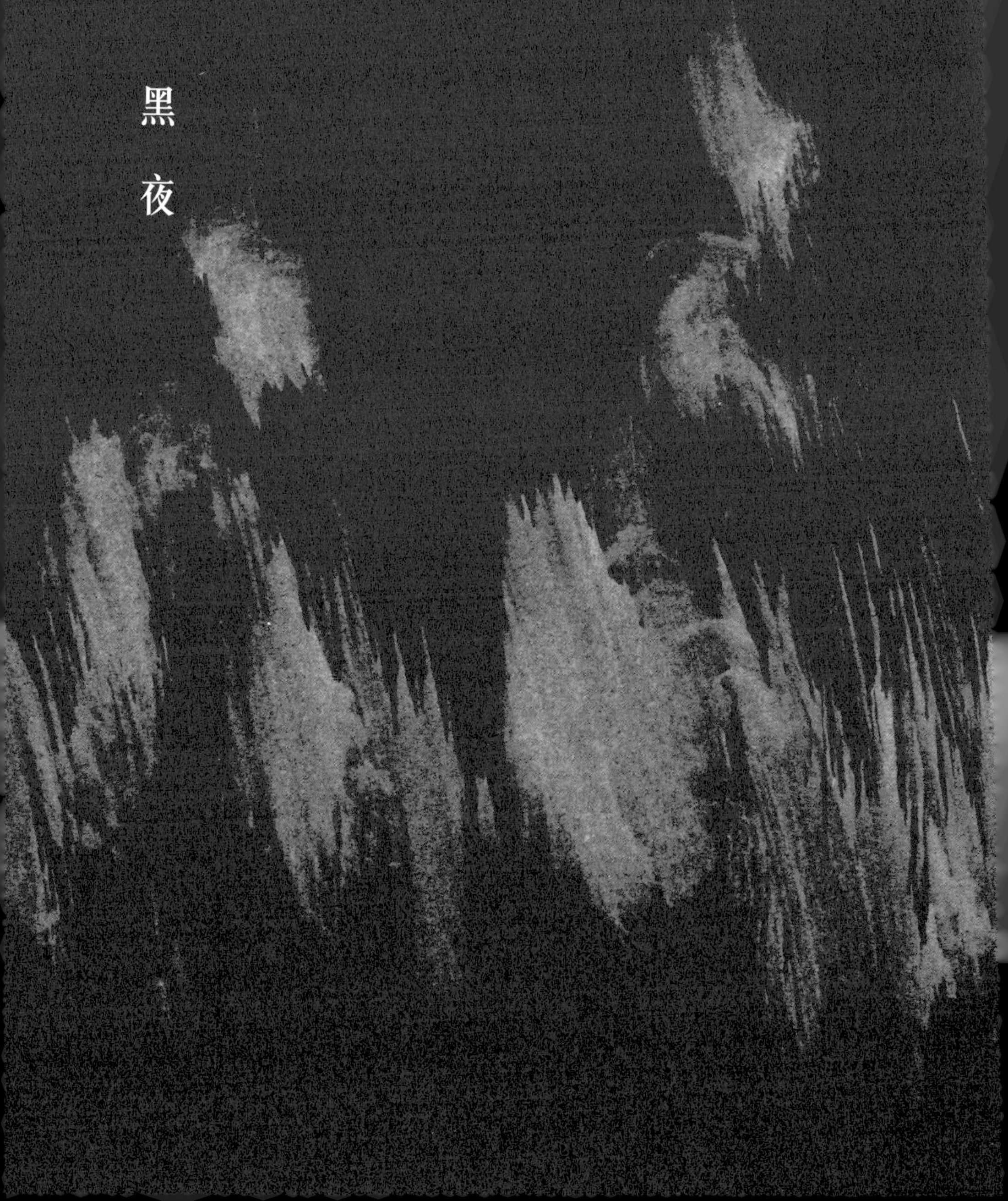

斜倚在陽光下

那是一個寧靜的下午，夏天快結束了。我坐在陽台的鐵窗旁，午後三點，我斜倚在陽光下；很溫暖，天空很藍，白雲飄著，微風吹過。

大家好像都睡了，街道上沒有人，對街好像有小孩在嬉鬧，遠處傳來學校的鐘聲。

屋子裡很安靜，只有牆上的日曆隨風翻起。這是一個寧靜的下午，我被這溫暖的小鎮擁抱著；微風輕撫，帶來茉莉花香，大家都在睡了。

我想和你們在一起，卻離不開這個小鎮的擁抱。它是我的一部分；這樣舒服的微風，這樣寧靜的下午，這樣溫暖的陽光，這樣安靜的街道。

我想著你們親切的微笑，我也跟著微笑，你們的微笑化作這個下午溫暖的太陽，我斜倚在陽光下。

ALFONS MUCHA
SALVADOR DALI

一切都已離去，春天才來
我站在春風裡
望著冬末的枯枝落葉，
望著春初的新芽，

百花不殘，東風溫暖，留我徒傷感。
傷感傷感，我還是要走，春天還是要來，只有咖啡空罐留下來，
春裡憔悴，春裡悲哀

過甜的罐裝咖啡，我這種台客的最愛
我幹你娘雞掰。

我將被淹沒

我將被淹沒
我將被淹沒

別了笑容依舊
沒有了
再也沒有了
再也找不到了
空空洞洞 失魂落魄
綿綿絮語碎在心頭

別了昨夜微風
是在昨夜沒錯啊
萬紫千紅 星光閃爍
我依偎在你胸口

別了思念 別了心痛
別了憂愁 別了匆匆不能不能再回頭

我被淹沒被淹沒被淹沒

沙漠玫瑰

沙漠玫瑰枯死了
我一直沒有為他澆水
我忘了他就在我窗外
雖然我每天都會看到他

今天的陽光要結束了
天氣稍稍回溫

風吹過我的窗前
唯一一片即將凋謝的葉子
掛在樹枝上搖晃著

鐵窗把我能看見的天空隔了一道又一道
我坐在窗前望著

恍惚

在每天
同一個時間
恍惚
感覺奇怪的溫度
現實和虛幻 過去和現在 混淆不清
渾渾噩噩 窮愁潦倒
迷茫迷茫 徬徨徬徨
不知所措 驚嚇
哈 被自己嚇了一跳
會孤單嗎 別怕別怕
全都忘了吧

唱歌唱歌 唱一首快樂的歌
思念思念 對著看不見的星星思念
抽搐了一下 還是沒辦法嗎
用盡了力氣
還是只能回到這裡
恍惚
感覺奇怪的溫度

亂

或許注定是這樣
終究剩下他陪伴著他

四月春天到來依舊鳥語花香
九月隨風飄落暗自神傷
白天瞪著太陽
夜晚躲著月光
可以啊
沒有關係
也只是那幽幽暗暗光明璀璨
亂了

怎麼會這樣
原來總是會這樣
落寞落寞
總好過失魂落魄
習慣了也就成自然……

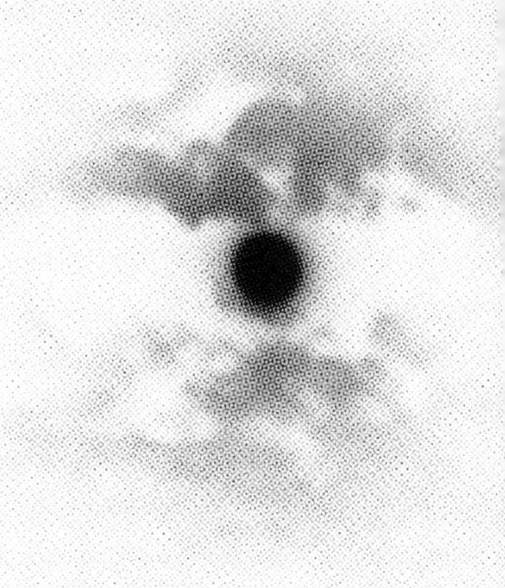

每一天都是一場爭戰，跟自己，跟這個世界，跟活著的每一個念頭。
每一個決定每一個認知，都飄蕩在空中不知何去何從。
每一個人來到面前，每一個人離開。
每一份力氣，是為了自己，是為了留住這個世界，還是為了誰。
放棄是決然的勇氣，知道什麼在那，而我不要了。
自由也是。
放下他人，放過這個世界，放過自己。
才能創造自己的世界。
所以我根本沒有世界。
世界就是要活著被創造的，不是世界被創造了才活著的。

是吧。
每一天都是一個空白，還它空白。
每一刻其實都不存在。
每一個人走過，就只是走過。
每一片黑暗就只是黑暗。
黑暗中看不見光，就看不見。
往暗裡走，暗裡就是我的光。
伸出的手不為了碰觸，不為了抓住什麼，就是伸出了。
離開了也不為了什麼，就是想離開了。
我想要自由，想要自己的世界。

黑夜給了我黑色的眼睛，所以我害怕光明。

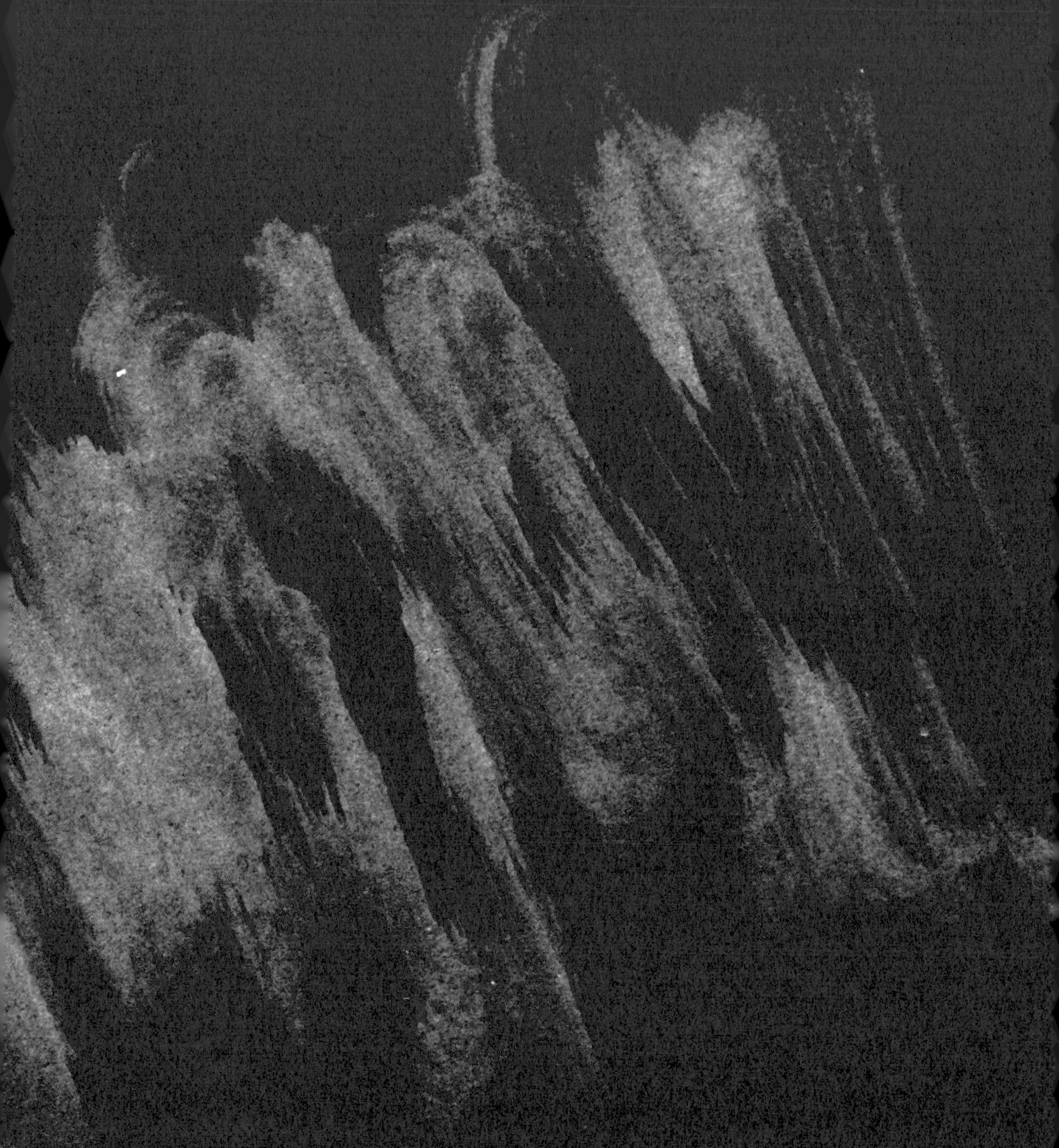

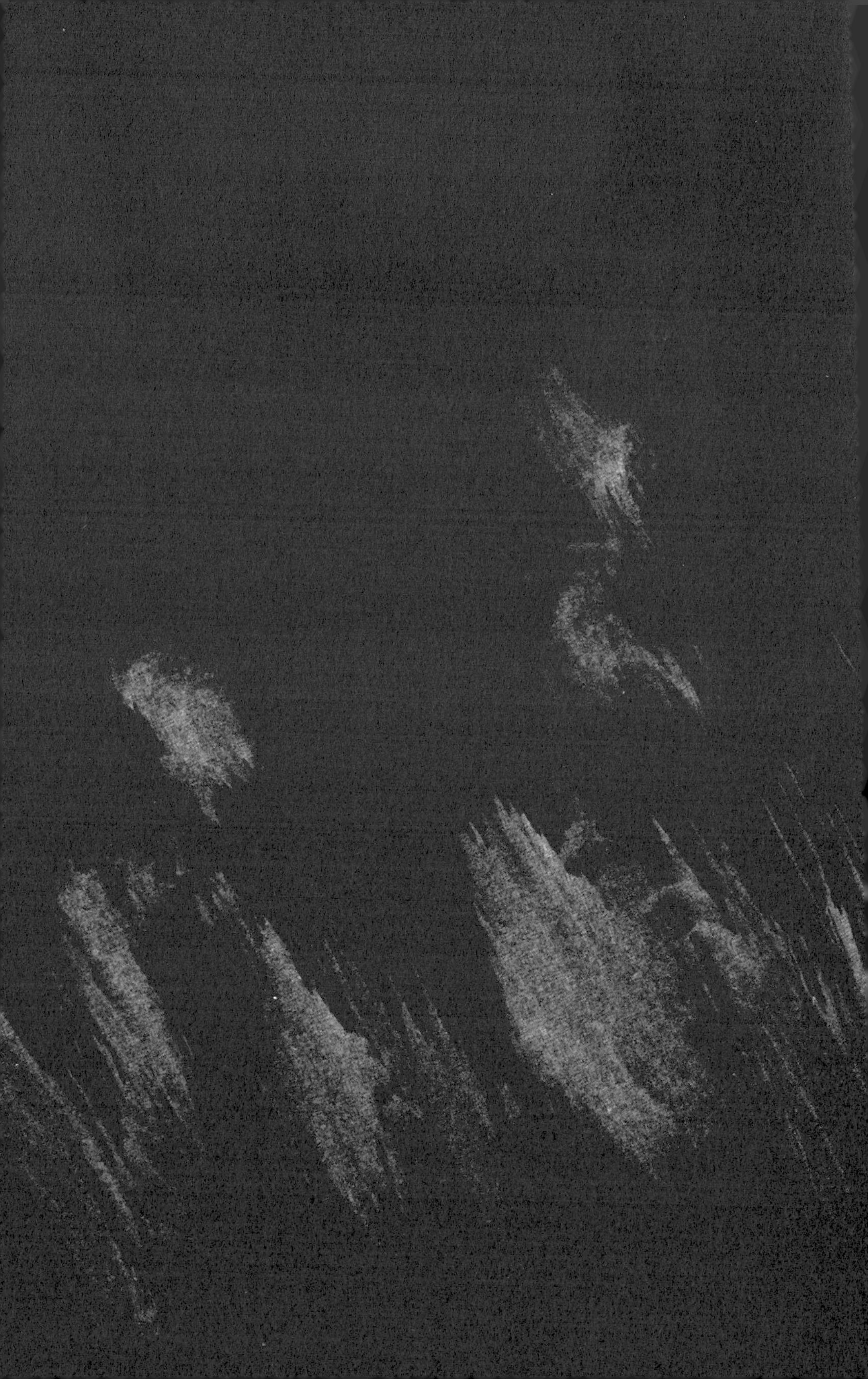

後記

二〇〇六年電影《最遙遠的距離》開拍之前，林靖傑導演送了我一本陳明才的書《奇怪的溫度》。當時的我還很年輕，卻也正逢年輕生命的困頓與挫敗。看了他的書之後莫名的悸動；原來這個世界上有人跟我一樣，不過，那時的我覺得他活得比我燦爛美麗多了。

這本書裡所收錄的文章，大部分都不是有個閱讀對象而寫的，當初寫下這些文字時，也許純粹只是一種宣洩；有關自我的，有關做為一個演員的，有關角色的；而有時我可以不用顧忌太多刻意去釐清。也許書寫能讓我理性客觀冷靜地放縱宣洩這些痛苦複雜與矛盾。

所以在這樣的狀態下，這些文字對我來說沒有太特別需要被保存的意義；我自己記得他們存在過就好，忘了也無所謂。這些文章大部分都散落在筆記當中，本來的計劃是想要找一天集中起來燒掉，哪一天若我不在了，他們也不會孤單，也不會被曲解，那就好。

二〇一七年寶旭姊希望我可以跟裕翔合作看看，他彈點什麼，我唸點什麼。本來想的是其他作家的書，或是我自己喜歡的書。

過了三十好幾之後，對表演這件事有更多不同的想法與一些態度的轉變；我一直是個想很多的人，於是想到了這些文章，想到了陳明才，想到了他的書給我的悸動與陪伴。於是有了現在這本書的存在。

這些文字不見得光明，不見得溫暖，更不具任何生命的啟發與鼓勵，但都是生存於這世上的痕跡，只願能像那時陳明才的書帶給我的一樣，給擁有同樣思緒同樣情感的人一些陪伴。

我不是一個才華洋溢的作者，能有這樣的機遇讓這本書出版，其實是十分榮幸的。謝謝寶旭姊，安佳，以及公司所有的同事；謝謝新經典文化的美瑤姊，心愉姊，琦柔，瑋嘉；謝謝紅色製作，陳又維，Hiroyuki Fukuda；謝謝所有過程中幫助這本書出版的朋友們，謝謝文尹。

二〇一七年七月

文學森林 LF0086

失眠的人

作者

莫子儀 MO Tzu-yi

演員，畢業於國立台北藝術大學戲劇系，主修表演。一九九六年開始參與劇場與影像演出至今，作品橫跨舞台、電影與電視，近年代表作品包括劇場演出《紅樓夢》、《明年，或者明天見》、《孽子》、《西夏旅館》、《檔案K》、《水滸傳》、《西遊記》、《SMAP×SMAP》、《Michael Jackson》、《膚色的時光》、《殘，。》、《哈姆雷特的最後一夜》等，電影《相愛的七種設計》、《一席之地》、《最遙遠的距離》、《夢幻部落》，連續劇《醬園生》、《寒夜續曲》等，多元的戲路與爆發力深受眾多導演喜愛。曾以連續劇《罪美麗》入圍金鐘獎男主角獎，以人生劇展《艾草》、《瓦旦的酒瓶》、《濁水溪的契約》三度入圍金鐘獎男配角獎。

攝　影　莫子儀
內頁設計　呂瑋嘉
責任編輯　王琦柔
行銷企劃　詹修蘋、巫芷紜
版權負責　陳柏昌
副總編輯　梁心愉

初版一刷　二〇一七年十一月六日
初版二刷　二〇二〇年十二月十日
定　價　新台幣三二〇元

ThinKingDom 新經典文化

發行人　葉美瑤
出　版　新經典圖文傳播有限公司
地　址　臺北市中正區重慶南路一段五七號十一樓之四
電　話　02-2331-1830
傳　真　02-2331-1831
讀者服務信箱　thinkingdomtw@gmail.com
部落格　http://blog.roodo.com/thinkingdom

聯合出版　有享影業股份有限公司

總經銷　高寶書版集團
地　址　臺北市內湖區洲子街八八號三樓
電　話　02-2799-2788　傳真　02-2799-0909
海外總經銷　時報文化出版企業股份有限公司
地　址　桃園市龜山區萬壽路二段三五一號
電　話　02-2306-6842
傳　真　02-2304-9301

特別感謝紅色製作、陳又維、Hiroyuki Fukuda
概允本書使用相關圖片

失眠的人 / 莫子儀著. -- 初版. -- 臺北市 : 新經典圖文傳播, 2017.11
176面 ; 15.5×23公分. -- (文學森林 ; YY0186)
ISBN 978-986-5824-89-1(平裝)

848.6　　106017604